A Grande Aventura de Inácio

A Grande Aventura de Inácio

FERNANDO GUIDINI

Ilustrações de
IRMÃ LIDIA CARBAJAL DÍAZ, ODN

Edições Loyola

Dados Internacionais de Catalogação na Publicação (CIP)
(Câmara Brasileira do Livro, SP, Brasil)

Guidini, Fernando
  A grande aventura de Inácio / Fernando Guidini ; ilustrações de Lidia Carbajal Díaz. -- São Paulo : Edições Loyola, 2024.
  ISBN 978-65-5504-391-4

  1. Inácio, de Loyola, Santo, 1491-1556 - Biografia - Literatura infantojuvenil 2. Santos cristãos - Biografia - Literatura infantojuvenil I. Díaz, Lidia Carbajal. II. Título.

24-216698
CDD-028.5

Índices para catálogo sistemático:
1. Santos cristãos : Biografia e obra : Literatura infantil   028.5
2. Santos cristãos : Biografia e obra : Literatura infantojuvenil   028.5

Cibele Maria Dias - Bibliotecária - CRB-8/9427

Texto: Prof. Dr. Fernando Guidini
Ilustrações de capa e miolo: Irmã Lidia Carbajal Díaz, ODN
Preparação: Carolina Rubira
Capa: Ronaldo Hideo Inoue
Diagramação: Telma Custódio

Edições Loyola Jesuítas
Rua 1822 nº 341 – Ipiranga
04216-000 São Paulo, SP
T 55 11 3385 8500/8501, 2063 4275
editorial@loyola.com.br
vendas@loyola.com.br
www.loyola.com.br

Todos os direitos reservados. Nenhuma parte desta obra pode ser reproduzida ou transmitida por qualquer forma e/ou quaisquer meios (eletrônico ou mecânico, incluindo fotocópia e gravação) ou arquivada em qualquer sistema ou banco de dados sem permissão escrita da Editora.

ISBN 978-65-5504-391-4

© EDIÇÕES LOYOLA, São Paulo, Brasil, 2024

Nasci no norte da Espanha, no ano de 1491. É, já faz muito tempo... Morava em uma casa de pedra grande e fortificada, porque minha família era de nobres e servia aos reis espanhóis por muitos séculos e com muita fidelidade. Meu avô, um brilhante militar, conquistou fama, terras e poder sobre toda aquela região basca. Sou o mais novo de 13 irmãos. Minha mãe faleceu quando eu ainda era um bebê, e quem me amamentou foi uma vizinha. Fui criado por meu pai e por meu irmão mais velho e sua esposa. Eles me queriam muito bem.

Mas eu precisava estudar... Estava na idade de vocês e não tinha escolas na minha região. Meu irmão e minha cunhada resolveram que eu deveria viver com um nobre amigo nosso. Deixei minha casa e fui morar com essa família, que me ensinou a ler e a escrever. Também tive a chance de me aperfeiçoar na esgrima. Ah, como gostava de treinar esgrima! Vocês conhecem esse esporte?

Fui crescendo e aprendendo cada vez mais a manejar armas, pois queria ser um grande cavaleiro. Nesse tempo, já com 17 anos, fui servir a um outro senhor, o Duque de Najera, e logo assumi o posto de comandante do seu exército.

Aconteceu que, em uma batalha contra o exército francês, fui ferido na perna direita por uma bala de canhão. Minha perna ficou estraçalhada! Foi preciso operar e senti muita dor porque na época ainda não existia anestesia!

Fui mandado de volta para casa e lá minha cunhada cuidou de mim durante vários meses.

Certa noite, quase morri. Precisei operar novamente a perna quando já estava quase cicatrizada, porque percebi que ela havia ficado mais curta que a outra e eu não queria ficar manco.

Como não tinha nada para fazer nesse tempo, pedi que minha cunhada me trouxesse alguns livros para ler. Eu amava romances, mas ela me trouxe livros de santos e a Vida de Cristo, pois era o que tinha em casa. Eu disse: "Não vou ler essas coisas! Sou um soldado e não um beato!".

Recusei no início, mas acabei concordando em ler aqueles livros. Pensei: "Ah, já que não tenho o que fazer..."

Mas enquanto fui lendo aqueles livros, percebi que uma mudança acontecia em mim. Comecei a gostar do que lia, dos exemplos dos santos... Eu me imaginava fazendo tudo que eles fizeram. Pensava: "Se São Francisco fez isso, por que eu não posso fazer?".

Fiquei apaixonado pela vida de Jesus e os ensinamentos dele me conquistaram. Desejava servir somente a Ele e não mais aos reis da terra.

Desejava viver como um mendigo, pobre, e morar em Jerusalém para ficar mais pertinho de onde Ele viveu.

"Ah, Jesus, como amo o Senhor! De agora em diante, serei todo seu. Quero dedicar a minha vida ao serviço das pessoas mais necessitadas e daqueles que ainda não o conhecem, pois assim estarei servindo unicamente ao Senhor."

E saí de casa com esse desejo. Fui à Terra Santa, mas não pude ficar lá por causa da guerra entre os árabes e os muçulmanos. Voltei para a Europa. Precisava estudar se quisesse ajudar as pessoas. Será que eu deveria ser padre? O que Jesus queria de mim? Eu não tinha respostas.

Voltei a estudar latim, a língua das universidades da época.
Meus colegas tinham a idade de vocês, 8, 9, 10, 13, 15 anos...
E eu, 30! Aquela criançada ria de mim, me chamava de vovô,
aprontava comigo. Precisei ter muita paciência,
mas eu amava a todos eles.

Como queria fazer uma boa faculdade, fui para Paris, onde ficava a melhor universidade da época. Lá estudei vários anos e conheci amigos com quem comecei a partilhar os mesmos sonhos e desejos.

Formamos um grupo de nove pessoas e eu conquistei todos eles para Cristo com um método de oração criado por mim: os Exercícios Espirituais. Quando podíamos, fazíamos um piquenique e passávamos o dia juntos, rezando e conversando. Nessa época, sonhávamos todos em ir à Terra Santa quando nosso curso universitário terminasse.

Mas minha saúde piorou e os médicos me disseram que devia voltar para a minha terra natal. Obedeci e parti no ano de 1535.

Antes de minha partida, eu e meus amigos combinamos de nos encontrar em Veneza, Itália, dois anos depois, para irmos juntos à Terra Santa. Era de Veneza que partiam os navios para o Oriente.

E cumprimos o combinado: no ano de 1537 nós nos encontramos em Veneza e fomos pedir a bênção do papa. Isso mesmo! Para fazer uma viagem dessas, era exigida uma autorização especial do papa. Ele nos concedeu tudo o que pedimos e ficou admirado com o nosso jeito de ser. Outros, porém, olhavam para nós com desconfiança, suspeitando de que fôssemos bandidos, ladrões ou um bando de mentirosos. Mas aconteceu que naquele ano não saíram navios para o Oriente. Decidimos todos voltar para Roma para ficar à disposição do papa. Estávamos entregues nas mãos dele.

Nessa época, como vocês sabem, um mundo de novas terras estava sendo descoberto, inclusive o Brasil. Era a época das grandes navegações. A Europa percebeu que era pequena, e a Igreja precisava de missionários para a Índia, o Japão, a África, a América... O papa necessitava de nossa ajuda o quanto antes. Mas, se cada um fosse para um canto da terra, o que seria de nós? Com cada um vivendo em um lugar diferente do mundo, nosso sonho de viver juntos como companheiros servindo a Cristo acabaria. Decidimos ficar juntos mesmo estando distantes uns dos outros. Fizemos uma votação e me elegeram líder do grupo. Mas quem seríamos nós, se nem nome tínhamos? Como nos identificar? Decidimos ser chamados "Companhia de Jesus", pois foi em nome Dele que nos reunimos como amigos.

O papa logo aprovou nosso estatuto e nos enviou em missão. Um foi para Portugal, outro para a Espanha, Alemanha, Japão, México, Brasil... Eu fiquei em Roma para dirigir esse grupo.

Um dos meus melhores amigos, Francisco Xavier, foi enviado para as Índias. Nunca mais nos encontramos pessoalmente e fiquei sabendo de sua morte 3 anos depois do acontecido.

E tem mais: outros jovens, ao verem como vivíamos,
vinham se juntar a nós todos os dias. Nossas casas cresciam em número,
mas nunca perdemos o ideal do amor ao Jesus pobre e obediente.

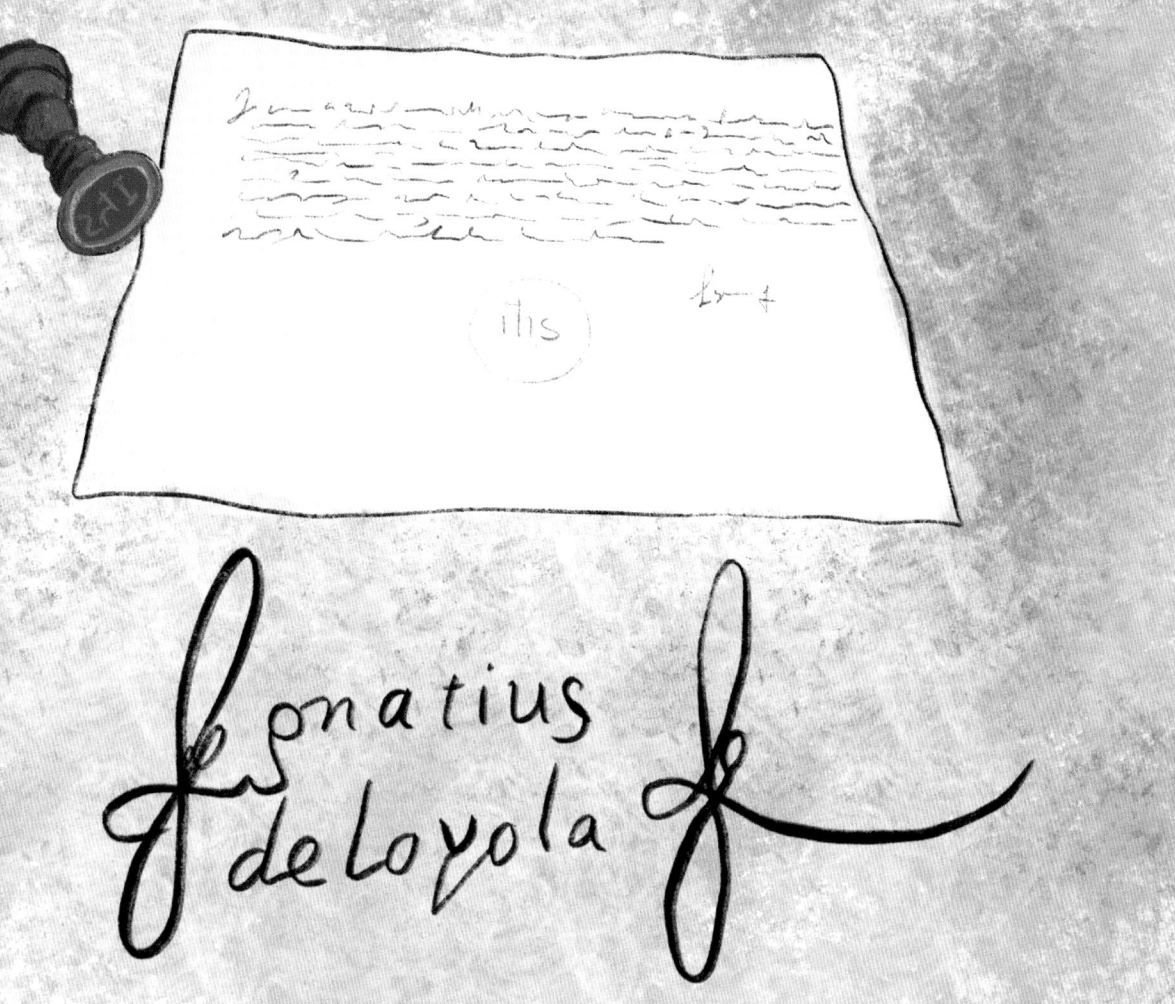

Nós conversávamos mandando cartas uns para os outros. Fundamos colégios para ajudar na educação das crianças e dos jovens. Trabalhamos com catequese e missões. Sempre enviava jesuítas para trabalhar nas novas terras. Vocês se lembram de José de Anchieta? Pois é, fui eu quem o enviou para o Brasil. Ele fez um bom trabalho, não fez?

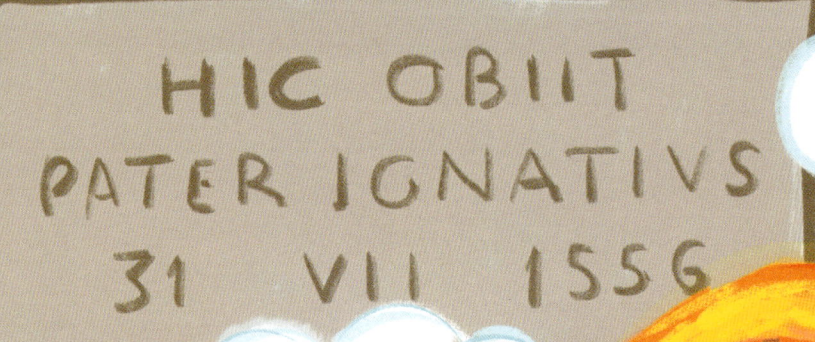

Bom, agora me sinto velho e fraco, mas ao mesmo tempo feliz, porque vejo no mundo os frutos produzidos pela obra que comecei. Sem mais forças, faleci na noite de 31 de julho de 1556, na cidade de Roma, onde vivi por 16 longos anos. Poderíamos falar sobre muitas outras coisas, mas não temos muito tempo. Porém, os Jesuítas continuam a sua missão ainda hoje, no século XXI. Falem com eles, caso vocês tenham qualquer dúvida. Eles estão pelas obras da Companhia de Jesus e responderão a tudo com alegria, pois ainda amam e servem a todos, sempre para a maior glória de Deus.